LE ROUÉ

VERTUEUX.

Hac itur ad ardua montis.

LE
ROUÉ VERTUEUX,
POËME EN PROSE,
En quatre Chants,

Propre à faire, en cas de besoin, un Drame
à jouer deux fois par semaine.

Orné de Gravures.

Seconde Édition, à laquelle on a joint la Lettre
d'un jeune Métaphisicien,
par M. Coquelet de Chaussepierre.

A LAUZANNE.

1770.

La premiere Edition de cet Ouvrage s'eſt en-
levée ſi rapidement que nous croyons faire plaiſir
au Public de lui en donner une feconde. Nous
l'avertiſſons que pour lui en faciliter l'acquiſition ,
nous en modérons le prix à ● liv. d'ici au premier
d'Avril prochain , paſſé lequel tems nous le re-
mettrons au prix de 6 livres.

AVIS
AU PUBLIC.

L'AUTEUR de cette utile Brochure,
vouloit d'abord donner son Poëme
tout fait ; le succès de quelques ouvrages de ce genre , ornés de gravures remplies d'expression & de nerf ,
l'avoit tenté : ce n'est pas qu'il ne se
fût très-bien apperçû que, dans le
nombre de ces ouvrages, quelques-
uns avoient réussi pour eux-mêmes,
d'autres avoient été beaucoup aidés
par les gravures, & la plûpart n'au-
roient point eu de débit sans elles;
mais il pensoit que rendant un ser-

vice au public & au bon goût, il auroit, peut-être, été mieux de le rendre complet.

Il fait des vers comme un autre, & il avoit commencé affez heureufement ; cependant les gravures avançoient, l'abondance & la richeffe de fon fujet multiplioient fon travail fous fa plume ; il a crû, d'après cela, que pour ne pas retarder les bons effets que ce Poëme doit néceffairement produire, il feroit une chofe agréable, en le donnant comme il eft : une infinité d'autres raifons, également folides, ont

achevé de le déterminer. D'abord,
en n'y mettant rien, on n'en pourra
pas critiquer le ſtyle, il évitera les
applications malignes ; d'ailleurs,
quelque bonne plume pourra s'exer-
cer & remplir, en vers ou en proſe,
ce grand ſujet ; car l'Auteur eſt ſans
prétentions, & il verra, ſans jalou-
ſie, embellir & étendre ſes idées.

Trop heureux, s'il parvient, en
même temps, à étendre un genre
dont les premiers eſſais font tant
d'honneur à l'humanité & à notre
nation ! Puiſſe ce Poëme mâle &
vigoureux, achever chez elle, le

développement d'un germe de force
qui languiroit encore, fans la flam-
me philofophique qui lui a commu-
niqué fa chaleur !

REFLEXIONS ESSENTIELLES
DE L'AUTEUR,
En forme de Préface.

AMES fenfibles, lifez mon Poëme ;
amis de l'humanité , venez verfer des
larmes délicieufes fur les malheurs aux-
quels elle eft expofée ! Et vous Efprits
legers, que rien n'occupe ; cœurs froids,
que rien n'intéreffe, qui prenez l'agita-
tion machinale pour le plaifir , qui chan-
gez toujours de place , parce que vous
n'êtes bien nulle part ; qui le cherchez ,
ce plaifir , parce que vous ne le trouvez
jamais ; continuez à nager dans le vide
de vos idées : Vous n'êtes pas dignes de
fentir & de vous affliger !

Je l'avouerai , j'ai peine à concevoir
qu'au milieu de tant d'efprits fublimes ,
qui nous ont donné, dans le fiécle dernier , des ouvrages très - paffables , des
poëmes affez beaux pour le temps , des
tragédies affez touchantes , il ne fe foit
pas trouvé d'efprit affez mâle , de tête
affez bien organifée , de cœur affez fer-
me , pour aller jufqu'où la philofophie
nous amene aujourd'hui. On trouve bien
dans Corneille quelques confpirations,
dans Racine un peu de poifon , dans
Crébillon un fouper affez barbare, dans
Voltaire un fils qui ne laiffe pas de tuer
fa mere ; mais aucun de ces hommes ,
affez bons Poëtes d'ailleurs , n'a pû fran-
chir la timidité , fi ennemie du grand ,
& mettre fous les yeux des fpectateurs le
crime même & toute fon horreur, fi touchante cependant , & fi capable de re-

muer l'ame : D'ailleurs, il ne nous ont
tous parlé que de Rois, d'Empereurs,
de Consuls que nous n'avons jamais vus
ni connus, qui font morts il y a deux
mille ans, & qui, par leur éloignement,
font peu capables de nous intéresser.

Car, enfin, comment veut-on qu'un
honnête Bourgeois de Paris, un Philosophe, un Académicien, une Marquise,
si l'on veut, prenne plus d'intérêt aux
malheurs de Cinna, de Britannicus, de
Thyeste ou de Semiramis, qu'à ceux de
son menuisier, qui a boisé sa chambre,
qui laisse une femme & des enfans dans
la plus affreuse misere, & qu'on a cent
fois vû venir chez soi? Notre cœur a son
optique, ainsi que notre œil, & les ob-
jets le frappent moins, en raison de la
distance où ils font de lui.

Ce n'est pas, cependant, que je veuille

déprimer ces hommes , que notre foiblesse , ou l'habitude , nous ont fait nom-
mer *nos modeles*. Peut - être Corneille
eût-il été capable d'aller jusqu'où nous
allons aujourd'hui ; mais une fausse honte
l'a sans doute retenu ; peut-être aussi , &
on ne peut gueres en douter , les temps
n'étoient point arrivés , la philosophie ,
qui rend tous les hommes égaux , n'a-
voit point encore porté son flambeau
jusques dans les détours ténébreux de nos
ames ; on tenoit à mille préjugés plus
funestes les uns que les autres , on croyoit
qu'il n'y avoit de grand que les Rois &
les Empereurs ; de querelles intéressan-
tes , que celles qui s'élevent de nations
à nations ; de malheurs attendrissans , que
ceux des grands , & de situations touchantes , que sur le trône : on ne sçavoit
point , comme aujourd'hui , amalgamer

adroitement les larmes à la gaieté, & la familiarité la plus commune, aux malheurs les plus compliqués de l'homme le plus ordinaire.

Oh ! divine Philoſophie ! pourquoi nous avoir laiſſé ſi longtems dans l'erreur? Oh humanité ! eſt-il donc quelque choſe qui puiſſe vous être étranger ? Tous les hommes ne ſont-ils pas égaux à vos yeux? Eſt-il des rangs, des conditions, des loix même, pour le cœur ? Le maçon, le vuidangeur, le menuiſier, le galérien, ne ſont-ils donc pas des hommes? Eh, quelle femme de qualité ne rougiroit pas de refuſer ſes larmes aux malheurs qui accableroient la famille d'un de ces individus, & qui viendroient déchirer ſon cœur *paternel* !

Je ſçais bien qu'il eſt encore des eſprits étroits & des ames pareſſeuſes, qui, par timidité, ou par une habitude dont ils ne se font jamais rendus de raison, tiennent encore à l'ancienne méthode, veulent rire à la comédie, déclament contre ce qu'ils nomment la perte du goût, trouvent trop atroces des situations toutes naturelles & même très-fréquentes, crient que la vue de ces horreurs leur fait du mal, & qu'ils ne font pas assez forts pour la soutenir.

O cœurs pusillanimes ! avez vous donc oublié que le rire n'est rien qu'une convulsion du corps & un égarement de l'esprit; que la gaieté est la pâture des petites ames ; que le philosophe, l'homme, en un mot, nourrit la sienne de la sensibilité qu'elle a pour les malheurs de ses semblables, pendant que le stupide vulgaire rit bêtement aux plaisanteries usées de Moliere, qui, s'il étoit aussi grand homme qu'on l'a pieusement crû jusqu'ici, a, sans doute, ri lui-même de la platte bonhommie de son siécle !

Disons le hardiment, le voile est levé, le siécle voit clair, le génie perce de tous côtés.

Je n'ai qu'un regret, c'est de n'avoir pas donné l'exemple & fait le premier pas ; mais je me consolerai, en pensant que j'aurai contribué pour ma part à le soutenir.

Mon Poëme est heureux, il est noble, il est vraisemblable, il est touchant, je le dis, parce que je suis vrai, & que l'homme vrai ne sçait point user de ces détours de la fausse modestie, qui porte toujours l'empreinte de la petitesse & du mensonge.

Quoi de plus heureux, en effet, qu'un sujet qui présente à la fois une femme

fidele, cédant aux impreſſions de la douleur la plus vive , pour un mari victime
de l'apparence ; & une fille tendre , mais
forte , trouvant dans ſon amour pour ſon
pere , un motif de conſolation & de joye
même , au milieu des chagrins les plus
cuiſans.

Un ſujet qui vous met ſous les yeux
la réalité de la vertu la plus épurée , &
l'image des crimes les plus atroces.

La joye pure d'un amant qui riſque tout
pour ſauver la fortune de ce qu'il aime ,
& le déſeſpoir le plus déchirant d'un fils
qui aſſaſſine un pere qu'il révere , à l'inſ-
tant où ce vieillard malheureux venoit
partager , avec ce fils infortuné , l'honneur d'une action héroïque.

Un ſujet , enfin , qui raſſemble tout
ce que la fidélité conjugale , la tendreſſe
filiale , l'amitié , l'amour & le devoir

peuvent infpirer de grand & d'héroïque, & tout ce que l'erreur involontaire & l'é-cès de la douleur & des remords peuvent produire de plus funefte & de plus barbare.

Il eft noble. Tous les perfonnages font pieux, tendres, humains, vertueux.

Il eft vraifemblable. Eh ! comment un malheureux, pris fur le fait, enlevant, la nuit, avec effraction, des effets qui ne font pas à lui, donnant la mort à celui duquel il a reçû la vie, & faifant rébellion à la Juftice, échaperoit-il à fes rigueurs ?

Il eft touchant. Cœurs tendres, ames vertueufes & fenfibles, hommes de bien ! c'eft vous que j'interroge ; répondez-moi, fi toutefois les fanglots n'étouffent pas vos accens ! Têtes futiles, efprits lé-gers, dont un mauvais bon mot excite le rire imbécile ; cœurs glacés qui n'avez jamais fenti , ce n'eſt point à vous que je m'adreſſe !

Je vous entends , d'après les admira-teurs de la froide antiquité , d'après les enthouſiaſtes d'habitude des Corneille , des Racine & de quelques autres , dire , ſur parole , de mon poëme , que le fond en eſt triſte , que les perſonnages en ſont bas , & peut-être , le ſujet peu poëtique.

Eh , pauvres mortels , que la pouſſiere des Boulevards aveugle , qu'un Violon de Guinguette fait courir en foule dans un ſalon de papier marbré , que des Phan-tômes de bois blanc ennyvrent de joie , & qu'un Singe a tranſporté de plaiſir ; mé-ritez-vous qu'on vous diſe que le plus bel appanage de l'humanité eſt de pleurer ſur les malheurs de ſes ſemblables ; qu'il n'eſt point d'Étres vils ni de conditions baſſes aux yeux de l'homme ſenſible ; qu'il n'y a

de petit que le crime, & de grand que
la vertu ; qu'elle trouve rarement ici sa
récompense ailleurs que dans elle-même,
& que des Dieux & des Démons sont des
ressorts indignes de l'homme moral ? Eh!
qu'importe la machine ? l'ame sensible ne
voit que les effets.

Montrons à notre nation de belles horreurs, familiarisons-la avec des crimes
d'une certaine conséquence : les incon-
véniens, s'il y en a, ne sont-ils donc pas
assez compensés par le gain ? & reste-t'il
du peuple dans un pays tout philosophe,
& chez une nation guérie à jamais du rire
& de la gaieté ?

Taisez - vous donc, petit essaim de
créatures envieuses ; taisez - vous, au-
tomates incommodes, & ne cherchez
point à détruire ce que votre petitesse
n'atteindra jamais.

ARGUMENT
du premier Chant.

MADAME LAFOSSE & *fa fille*
Henriette conçoivent le deffein noble,
mais dangereux, d'aller la nuit, fur le
grand chemin de Pantin, enlever le corps
de leur mari & de leur pere, Vuidangeur
fans odeur, rue faint Martin, qui avoit
été pendu l'après-midi, par un qui-pro-
quo affez vraifemblable.

Défefpoir de la mere. — Plaintes vives
contre le préjugé qui déshonore les enfans
d'un pendu. — Réflexions fublimes de la
fille, qui en eft enchantée, parcequ'elle
tient à honneur d'être flétrie pour fon
pere. — Force d'efprit furnaturelle des
deux femmes qui féchent leurs larmes à
la vûe du cadavre. — Elles l'enlévent en
triomphe en le couvrant de leurs baifers,

B

& l'emportent chez un Charretier de leurs amis, à la Villette, où elles le gardent jusqu'au soir, pour l'enlever sécrettement la nuit suivante.

Oh Crime!

oh consolante horreur!

Chant I.ᵉ Pag. 19

LE ROUÉ
VERTUEUX.

CHANT PREMIER.

OH crime   !

                                              ;

                    oh confolante horreur

                              !

                                        oh paifible agitation

de l'ame

                    !

                                        ?

              ,

              Dieux !

                              B ij

;   ,

!

,   ,

?

Ah ma fille !

;   ,

,

,   .

les malheureux !

,

,   ;

(   )

,

?

Oh ma mere !

,   ,

;

?

,

!

,   ;

dans la coupe

du malheur !

,

,   :

,

mais non....

,   ,

:

,

?

les ferpens.

puiffent

les Furies

que dis-je !

Non

l'honneur

,

?

!

l'Amour

:

,

?

;

allons

volons

,

;

?

,

fon fein paternel

!

,

,

,

:

,

,

,

?

Oh fille vertueufe ! oh

;

,

,

quel méchanifme !

,

,

?

,

,

;

,

au cri de l'ame

!

,   ,

                                                la douleur

du plaisir

                        ,   ;

                !

                ,   ,

                        ,

                ;
                !

Fin du Chant premier.

ARGUMENT
du second Chant.

MALACHIE, Maître Garçon du défunt, qui étoit resté chez M^de Lafosse, dont il ignoroit le départ, inquiet de ne la point voir revenir, va trouver Saint Leu, garçon Maçon, dont le mariage arrêté avec la jeune Henriette, devoit se faire incessamment, lui fait part de son inquiétude & de ses craintes, qu'augmente encore un papier qu'un inconnu vient de laisser à la maison.

Saint Leu apprend, en le lisant, que la Justice doit venir le lendemain enlever tout chez M^de Lafosse, pour la confiscation. — Fureur de Saint Leu. — Belle tirade sur la Loi naturelle. — Déclamation philosophique contre les Loix civi-

les. — Colere forcenée. — Mots entrecou-
pés. — Tortillement de bras. — Silence
terrible, qui supplée à la foiblesse de poitrine de Saint Leu. — Malachie le prend
pour un fou. — Calme apparent de Saint
Leu. — Il prend, en silence, un ciseau,
des tenailles & un marteau, saisit le bras
de Malachie, & l'emméne chez M Lafosse, résolu d'enlever tous ses effets pendant la nuit, pour en sauver la perte à sa
chere Henriette & à sa vertueuse mere.

Ah Ciel! qu'aije lu ?

Chant 2ᶜ p. 31

LE ROUÉ

VERTUEUX.

CHANT SECOND.

Déja

,

,

!

,

lorſque

,

;

Que ſont-elles devenues ?

,

?

,

,

,

oh nature !

,

,

Loix trop

contre le fort

,

,

?

Cependant

,

!

.

,

,

!

où

,

?

,

Ah ciel ! qu'ai-je
lû ?

,   ;

,
Quoi !

,   ,

!

,   ,
Que la foudre

;

;

la bouche ouverte,

,   ,

,

Quoi!

,

?

,   ,

lorſque, tout-à-coup

;

,   ,

d'un bras formidable,

,

,

,

Non,

,

!

Enfers,

les

Élémens

rien

viens

,

,

?

,

!

Crois-tu

?

ah plûtôt

,

périffe

!

,

,

;

;

( )

* C

A peine

la férie

de fes idées

une lumiere obfcure

?

;

dans fon ame ténébreufe

l'horreur des ténébres

tantôt

tantôt

,

,

? Trois fois

,

,

trois fois

se dérobent sous

lui.

,

?

!

!

l'amour & la vertu.

Fin du Chant second.

ARGUMENT
du troisiéme Chant.

Arrivée à la maison de M^{de} La Fosse. — Embarras de Saint Leu & de Malachie, en trouvant les coffres & armoires fermez. — Conseil entre eux. — Combat de l'amour & de l'amitié, contre la crainte des préjugés & la fausse honte; l'amour & l'amitié l'emportent. — Saint Leu force les serrures, fait des Ballots de tous les effets. — Malachie sort pour aller chercher une charette. — Une voisine, qui a entendu du bruit, croyant qu'on vole M^{de} La Fosse, va chercher Saint Leu. — Ne le trouvant point, elle amenne le pere de Saint Leu, & ils vont ensemble chercher la garde. — Le guet investit la maison. — Le pere de Saint Leu, à la tête d'une escoüade, fond dans l'appartement.

— *Le guet veut arrêter Saint Leu qu'on prend pour un voleur.* — *Il se défend avec fureur.* — *Tue d'un coup de marteau son pere qu'il ne reconnoît pas dans la bagarre, succombe sous le nombre, & est trainé dans les prisons, après qu'on l'a défarmé, pour le fauver de fa propre fureur.*

Les Entrailles . .

rien . . . . .

Chant 3.ᵉ Page 42

LE ROUÉ

VERTUEUX.

CHANT TROISIEME.

,

;

,

~

un morne silence

,   ⌐

?

la pâle lueur

,

ame foible , tu balances !

?

dis-moi

,

non

,

;

toutes les puiffances combinées

oh délicieufe Henriette !

,

;

.

Vas !

,

?

Cependant

,

?

venez

!

A ces mots

,

Déja

,

le fer brille

!

,

?

arrêtez

barbares !

!

la rage

oh fureur !

!

,

. L'éclair

,

Soudain

,

baigné dans son sang

,

,

!

,

oh nature !

,   ,

les entrailles

,

? rien

oh vieillard

!

qui donc

?

,

,   e

les cris

,

,

.

Enfin

,   ,

!

,   :

.

Oh vertu   ,

            ,   ?

                    ;

                    :

un cachot infernal

                            ,

            !

                    .

Fin du Chant troisiéme.

ARGUMENT

du quatriéme & dernier Chant.

DESCRIPTION *de la prison.* — *Mo-nologue de Saint Leu.* — *Ses remords.* — *Sa fureur.* — *Son esprit s'egare.* — *Phan-tômes qui le tourmentent.* — *La Philoso-phie le console.* — *On instruit son procès, on le condamne à la roue & on l'exécute le même jour à la Porte Saint Martin.*

    Retour de M^{de}*. Lafosse & de sa fille Henriette.* — *Douleur incroyable qu'elles éprouvent à la vue de Saint Leu expirant.* — *Henriette perce la foule, se jette sur le corps de son amant, après s'être frappée de trois coups de couteau.* — *Pendant que sa vertueuse mere, qui voudroit voler à son secours, expire de douleur entre les bras des soldats, qui la retiennent.* — *Beau discours du Bourreau, sur l'incertitude des*

jugemens humains , & fur la vertu cou-
verte des apparences du crime.

. . . . . *Le Crime et la Vertu*

Chant 4.ᵉ Page 52.

LE ROUÉ
VERTUEUX.

CHANT QUATRIÉME.

Dans un

,

,

Les crapaux

,

une éternelle nuit

!

Là,

;

phantaſtiques enfans

,

                                        la

cervelle de l'homme vertueux !

                              ,

            ?   oh !
          oh !   oh !

                         .

  Mais pendant

                         ,

                  la noire

                             ,

                  on

      on   on
                       & déja

                         ,

            le crime

                         ,

            de la vertu.
  Quelle fera

                    ?

?

A peine

,

le feu

,

Monſtres vomis de l'Enfer !

,

,

Non,

non   non

,

! Elle dit

,

cher

!

,   ,

à jamais

,

?

D

,

(   )

•

Ici la voix

les fanglots

,

oh !

!

qui pourra

le fage

délire de la vertu?

?

,

Mere trop

!

Voilà donc

,

?

,

jamais

puiffe

oh !   oh !
,
                              les pleurs

& le fang

                    écoutez
,

            gémiffez
,

finiffez   !

    !

                    frémiffez

                              !

            mes fanglots

                              la vertu

        vos horreurs

oh vengeance

!

!

oh terreur

! oh loix

!

Ah têtes

!

ah mort !

le crime & la vertu ?

Fin du quatrième & dernier Chant.

LETTRE

D'UN

JEUNE METAPHYSICIEN,

A UNE JEUNE DAME

Qui a ſes raiſons pour avoir de l'eſprit,

SUR

LE ROUÉ VERTUEUX

ET CONSORTS.

A LONDRES.

1770.

LETTRE
D'UN
JEUNE MÉTAPHYSICIEN;

A une jolie Femme qui a ses raisons pour avoir de l'Esprit,

Sur le ROUÉ VERTUEUX *&* CONSORTS.

JE m'occupois de vous, ma belle Comtesse; je venois de finir le plus joli Roman du monde; pour vous rendre l'Essai de Locke sur l'entendement humain un peu familier; & j'allois vous tracer le plan de l'Académie * *del Cimento*, que vous voulez établir chez vous pour hâter le progrès de nos connoissances sur les sensations; lorsque tout-à-coup je vis paroître une grande physionomie triste auprès de mon Bureau. C'étoit votre benêt de Valet-de-Chambre, qui, la larme à l'œil, m'apportoit de votre part une

---

* Académie d'Expériences de Physique établie à Florence.

petite Brochure lugubre, habillée comme une Oraifon funèbre. Quel Poëme, bon Dieu ! le feul titre m'en fait encore fremir, & je crois que j'aurois battu votre nigaud de grifon, qui s'attendriſſoit, en me le voyant parcourir, & qui m'avoua l'avoir lu pluſieurs fois en venant chez moi.

Pour me débarraſſer de ce malheureux porteur de Billets d'enterrement, je n'ai pas voulu répondre fur le champ à votre Lettre ; auſſi-bien ce que j'avois à vous dire demandoit un peu de temps & de recueillement.

Vous êtes charmante, MADAME, de m'envoyer le *ROUÉ VERTUEUX*, comme le fujet du Drame le plus intéreſſant, de me commander de me mettre fur le champ à l'ouvrage, & de faire couler vos larmes dans la régle des vingt-quatre heures.

Les Graces ordonnent à l'Amour de cueillir des fleurs ; mais c'eſt dans un boſquet tapiſſé de jaſmins & de rofes.

Je n'ai pas l'honneur d'être l'Amour ; je fais profeffion d'être votre ami & votre ferviteur, & je meurs d'envie de vous obéir : mais convenez-en, MADAME, avec votre beau fujet bien intéreffant ; je vous donnerai, quand vous voudrez, de violentes fecouffes, de bonnes convulfions, des crifpations de nerfs bien conditionnées, mais je n'aurai jamais l'honneur d'humecter vos belles prunelles.

Je fçais bien que je vous ai fouvent entendu dire que vous aimeriez à recevoir les impreffions les plus vives à fentir fucceffivement tous les mouvemens des grandes paffions, l'effroi, la terreur, les déchiremens ; mais je fçais bien auffi que petit à petit vous en viendrez à défirer la colique de *Miferere*.

Pour Dieu, belle Comteffe, je ne vous pardonne point celui-là. Vous êtes la femme du monde la plus heureufement née ; vous avez reçu du Ciel le cerveau le plus humide, & l'heureufe facilité de laiffer couler des deux plus beaux yeux

les férofités les plus limpides & les plus brillan-
tes, & vous ne voulez pas vous en tenir-là :
vous voulez des agitations convulfives, & les
égaremens d'une Ménade en fureur. Laiffez ,
laiffez, croyez-moi, aux crânes fecs & pierreux
de vos bonnes amies, à ces cailloux d'Egypte ,
dont toute la magie ne pourroit pas extraire une
feule goutte d'eau, le befoin fâcheux d'être fe-
coué violemment. N'entrez point en méditation
fur le genre d'émotions qui convient le mieux à
votre ame ; & livrez-la fans réflexion aux doux
penchans qu'elle a reçus de la Nature.

Vous vous fouvenez encore, ma belle Comteffe, de ces jours cruels où vous eûtes, fous vos
yeux, la deftruction lente & imperceptible de
votre petit Sapajou. Vous n'avez pas oublié le
moment terrible où ce petit animal fut obligé
d'aller rendre compte de fa frêle machine aux
quatre Elémens : je me rappelle toujours avec
attendriffement combien en ces derniers inftans
votre douleur étoit tranquille & belle. De grof-

ſes perles liquides s'échappoient avec un doux effort de deſſous vos paupieres, rouloient majeſtueuſement ſur les roſes de vos joues enflammées, pour tomber enſuite avec nobleſſe ſur un col d'albâtre, & ſe perdre dans les touffes de lys de votre ſein.

Cette ſituation me parut vraiement touchante, & Monſieur votre Epoux vous dira, que moi, qui n'aime aſſurément pas les Singes, je pris le petit défunt entre mes bras; je le réchauffois de mes baiſers, je voulois le rendre à la vie & à ſa belle Maîtreſſe.

Cela revient merveilleuſement à ce que j'avois l'honneur de vous dire. Comment eſt-il poſſible que vous qui avez eu le bonheur d'entendre la voix de votre ame, quand vous avez été forcée de renoncer aux careſſes de votre automate; vous, qui avez été ſenſible à l'amitié qui vous conſoloit; vous, à laquelle un Singe a donné des émotions vives & durables, vous me chargiez de vous louer à l'année un balcon à la Grê-

A iv

ve, ou, ce qui eſt la même choſe, de compoſer
pour vos heures de délaſſement le Drame du
Roué vertueux?

Ne vous attendez pas, belle Comteſſe, que
que je vous obéiſſe ; apprêtez-vous, au contrai-
re, aux plus terribles contradictions : je ne ferai
point votre Drame, malgré vous j'aurai des mé-
nagemens pour votre genre nerveux ; & je vais
mettre en piéces votre Poëme, parce qu'on ne
doit aucun ménagement à l'erreur.

Ne vous effrayez point cependant, MADAME,
je ne ferai point injuſte. Je conviens avec vous
qu'il y a des choſes très-bien ſenties, & fine-
ment apperçues dans cet Ouvrage, & dans les
réflexions qui le précedent. Mais je ſoutiens,
premierement, qu'il n'y a aucun développement,
& que l'Auteur n'a jamais laiſſé entrevoir que
des intentions heureuſes, ſans profiter de tout
l'ava ntage qui ſe préſentoit ; enfin, qu'il paroît
ne s'être occupé que des grands effets, ſans
s'aſſujettir à la vrai-ſemblance des moyens.

Ces défauts font rachetés, fans doute, par quelques beautés. N'importe! j'écoute avec impatience la voix flexible & tendre qui fort d'une bouche fur laquelle le baifer craint de fe repofer, & la plus belle tête eft fans prix, quand elle eft fur un bufte difforme.

En fecond lieu, MADAME, un défaut inexcufable, & qui eft particulier à ce Poëme, c'eft qu'il a befoin d'une lecture animée, d'un gefte vigoureux, d'une voix tonnante pour attacher les Auditeurs : j'ai la poitrine fatiguée, pour l'avoir lu deux ou trois fois ; hier encore, en quittant le Livre, j'étois en moiteur. Cela me perfuade plus que jamais, que ces Opufcules du jour ont befoin d'un Théâtre, de jeu, de fpectateurs, & qu'ils ne foutiendront jamais la réflexion redoutable du Cabinet.

Je vous demande grace, ma belle Comteffe, pour ce que je vais ajouter ; je connois votre fenfibilité éclairée & je crains d'allarmer votre délicateffe.

Ce n'eſt point par mépris pour l'humanité, ni par dénigrement de la Philoſophie qui la conſole, que j'oſe me déclarer contre la baſſeſſe & la vilité des Perſonnages. Je ſçais que tous les hommes ſont nés égaux; que rien de tout ce qui appartient à l'humanité n'eſt étranger au cœur de l'être ſenſible ; que les rangs enfin, les ti-tres, les décorations, paſſent comme une ombre vaine devant le diſque éclatant de la vertu.

Cependant nous vivons réunis dans l'état de ſociété que l'intérêt bien ou mal entendu a divi-ſé en différens étages; nous avons un aſcendant naturel qui nous porte à prendre nos leçons & à choiſir nos exemples dans les places élevées au-deſſus de nous ; d'un autre côté, notre amour-propre nous fait trouver des inſtructions dans le ridicule de ceux que le ſort a placés ſur notre niveau, & juſqu'à préſent nous n'avons pas encore cherché d'exercice à notre ame & d'aliment à notre malignité dans cette claſſe d'hommes malheureux, qui ne peuvent avoir qu'un très-petit nombre de fenfations & par conféquent peu d'idées & de fentimens.

Le Philofophe éloquent qui nous a annoncé tant de grandes vérités fous le voile heureux du paradoxe défapprouveroit lui - même cet excès d'abbaiffement dans le choix des Héros d'un Poëme intéreffant.

Son Emile, un rabot à la main, vous touche par fon bon naturel, & ne vous révolte point par des occupations dégoûtantes ; mais votre protégé, ma belle Dame, eft bien mal - propre. Nos bons ayeux étoient bien plus délicats que nous ne le fommes. Le févère Defpréaux fe mettoit en courroux contre

> Le Poëte ignorant,
> Qui de tant de Héros va choifir Childebrand.

Et vous, MADAME, vous avez la bonté de vous attendrir pour un Vuidangeur, & de me charger de faire fentir tout fon mérite. Je fçais bien qu'en effet il exerce fa profeffion fans fcandale & fans odeur, & il y a effectivement de l'efprit d'avoir fauvé ingénieufement ce petit inconvénient-là : malgré cela, fans faire le merveilleux, je vous avouerai que mon pinceau répugne à employer de telles couleurs ; que je n'aime vraiment à contempler la Nature que fous l'afpect enchanteur du Printems, & que tout bonnement, dès que l'Hyver arrive, j'aime à me lever tard & à dîner aux bougies.

Vous allez peut-être vous fâcher contre moi ; j'aurai cependant encore le courage de vous faire un aveu. Je me fuis examiné rigoureufement ; j'ai craint d'abord de ne vous défobéir que par pareffe, & je ne me le ferois pas pardonné ; mais après une fcrupuleufe inquifition, je me fuis trouvé de l'éloignement pour le genre, & je m'en fuis demandé la raifon.

C'eft vrai-femblablement une chofe qui m'eft particuliere, & qui me rend digne de toute votre pitié. Je fuis réellement honteux de vous confeffer cela ; je fuis né avec une conftitution fi foible, une organifation fi frêle, que le fpectacle du

châtimènt, même d'un fcélérat célèbre, me feroit infupportable.

Sans m'enorgueillir de cette fenfibilité, j'étois
autrefois tenté de m'en féliciter ; mais je fens
maintenant combien je fuis à plaindre, puif-
qu'avec un fexe fi tendre & fi délicat, vous avez
la force vous-même de méditer un plan, de tracer l'ordonnance d'un Drame, où vous ménagez
adroitement, pour la cataftrophe, un échaffaut &
des Bourreaux.

Sexe charmant ! vous l'avez toujours emporté
fur nous par vos graces touchantes, par la viva-
cité de vos perceptions, par là profondeur de
vos paffions , & fur-tout par la vigueur de votre
efprit : vous embelliffiez dans les jours brillans
de Rome cette fuperbe arêne, où le Gladiateur
percé par fon Rival s'efforçoit encore pour mé-
riter vos fuffrages de tomber en mourant dans
une jolie attitude.

Ces réflexions-là, ma belle Comteffe, adou-
ciront un peu l'auftérité de ma critique. J'ai ha-

fardé, avec l'œil d'un Sybarite, de mesurer les proportions musculeuses d'un Spartiate. La tendre Anémone semble une forêt à l'insecte Ephémère, qui s'égare dans les replis de ses feuilles ; c'est vous dire un peu poëtiquement que je n'avois pas l'ame assez brûlante ni la tête assez forte pour porter un jugement bien sain sur l'Ouvrage que vous m'avez envoyé.

Ce que l'on vient de m'apprendre me confirme encore dans mon opinion. Triomphez , belle Comtesse , on m'assure que le *Roué vertueux* vient d'être traduit en Anglois, par l'Anabaptiste le plus indépendant ; & qu'un Membre de la Société Littéraire de *Gli Furiosi* de Bergame *, vient de composer en son honneur un Sonnet plus beau que tous ceux de Pétrarque.

Je me rends donc ; je conviens que le petit bon Homme, qui a fait cet Ouvrage, mérite d'être encouragé : car, au bout du compte, il ne manque pas de talens & annonce une dif-

---

* Patrie des Arlequins.

position heureuse à se conformer au goût de son siécle.

Je suis de si bonne foi, que je vois réellement avec un grand plaisir qu'il est protégé par une société de gens riches & puissans, qui, sans doute, ont fait les frais du luxe typographique.

Je ne fermerai sûrement pas ma Lettre, sans vous parler, avec le plus grand éloge, de la richesse de la composition, de la vigueur du burin, & de l'expression énergique & variée des différentes figures. Dessinateur, Graveur, Créateur d'un nouvel art, M. * * *, réunit à l'invention la plus heureuse l'exécution la plus large & du plus grand effet.

Je parle peut-être mal la langue de cet art divin. Mais je vous rends compte, avec vérité, de l'espèce d'impression qu'il m'a fait. On aura plus de peine à me faire revenir sur ce sentiment que sur celui que j'ai porté sur le Drame du *Roué vertueux*.

L'esprit est soumis à la domination de l'erreur, mais l'ame en est affranchie. Voilà pourquoi je suis bien sûr de ne pas me tromper, ma belle Dame, quand j'ai l'honneur de vous assurer de l'attachement sincère & respectueux avec lequel je suis, pour la vie,

Votre, &c.

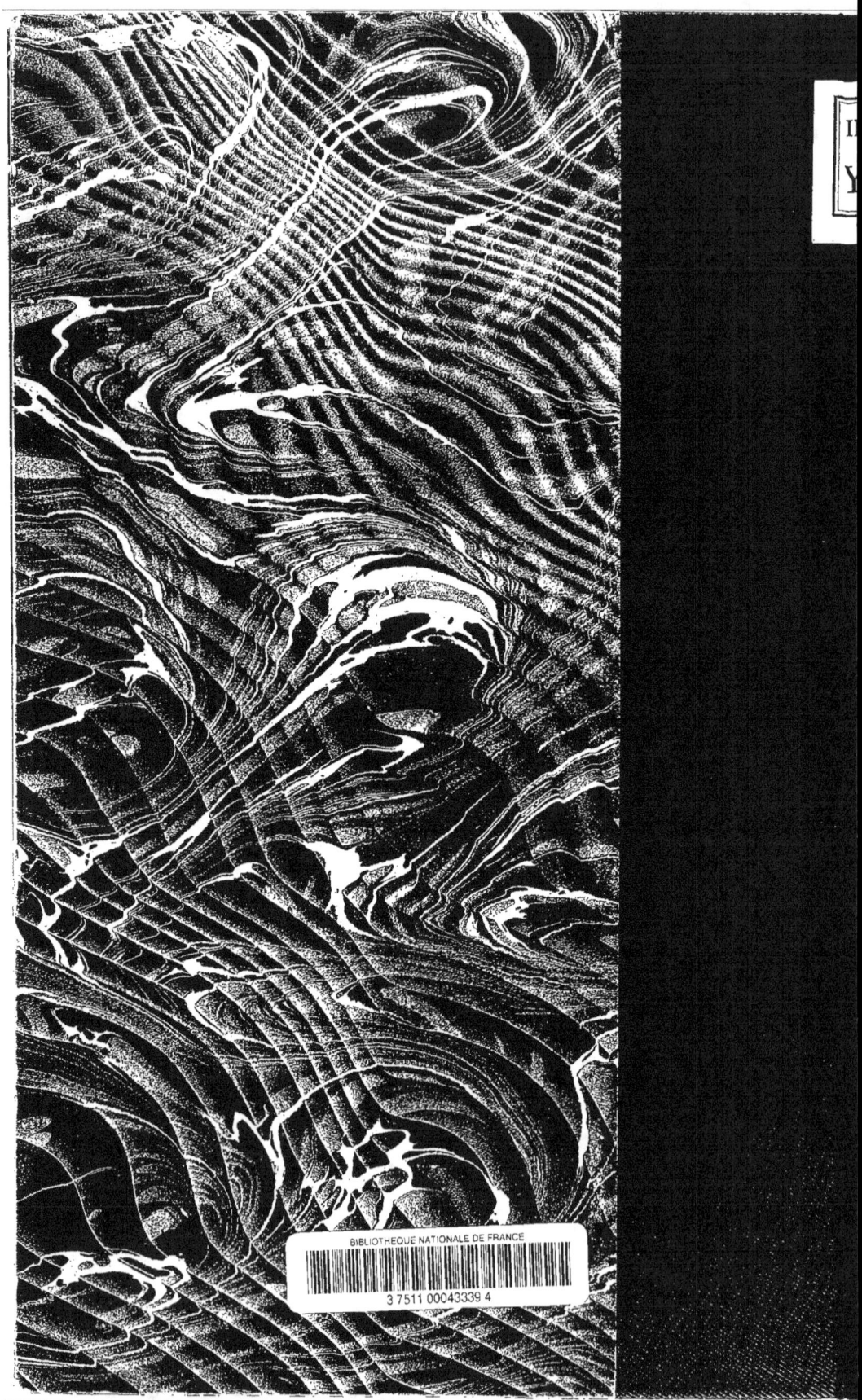

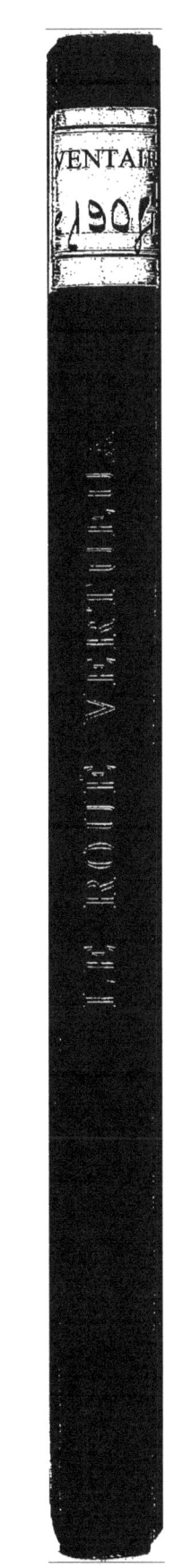

LE ROUGE VERTUEUX

www.ingramcontent.com/pod-product-compliance
Lightning Source LLC
Chambersburg PA
CBHW060432260626
47161CB00005B/1890